人気《ひとけ》なき校舎

新村亮三
NIIMURA Ryozo

文芸社

短歌の好きなあなたへ――「作品講評」より

新村亮三さんの短歌三百首ほどを拝見しました。

誠実に教職を全うされた半生、周囲への温かい眼差し、創作者としての鋭い着眼、そして意外なまでにはじけるユーモアなど、多彩な見どころを含んだ歌集であり、これは作者の生きてきた足跡の豊かさそのものといえるでしょう。その意味で、読ませどころにこと欠かない歌集に仕上がっていると感じました。

長年教職に就いていた作者だけあり、学校での思い出を詠んだ作品が目を引きます。「十八の骸に向きて言葉なし生きた証は補導歴四」「教室のダルマストーブ手にあてて余熱確かめ巡る宿直」「一位でも二位でもどべでもみな同じ一年生に送る声援」「五つある空教室の掛け時計おのおの勝手に正午知らせる」などからは、教師として誠実に生徒と向き合ってきたことが窺えました。

とりわけ「十八の骸に向きて～」は、問題児であった教え子の死に直面した際の気持ちを詠んだ切実な歌であり、作者の無念と後悔がひしひしと伝わってきます。あるいは、「一位でも二位でも〜」から伝わる、生徒を分け隔てなく思い遣る気持ちに触れ、すべての教育者にこのような気持ちで子どもたちと接してほしいと強く感じました。

一方、教育者というとお堅いイメージがありますが、そんな先入観を裏切るユーモアの発揮された歌が多数収録されているのは意外ですが、本作品集の大きな魅力にもなっていると感じました。

たとえば、「シャッターの開かない街がまたひとつ西部劇でもやろうじゃないか」の、シャッター商店街をいっそ西部の街に見立てて遊ぼうという愛すべき稚気。「子ども会の名簿一覧貫ひしがルビをうたねば一人も読めぬ」の、おそらくキラキラネームばかりの名簿への当惑。「放流の稚魚が一瞬怯む見て集団就職思ひ出したり」の、稚魚の群れから集団就職を連想する飛躍の面白さ。「提出のマイナンバーに二万円ルーツ辿れば吾の税金」の、報奨金も元を正せば自分たちの払った税金であると知った糠喜び。「新聞がきて真っ先開くのは妻は運勢われはお悔み」の、老境に入った夫婦の関心のありようなど、着眼の面白さに加えて、人生を楽しむゆとりをも感じさせる部分といえるでしょう。

さらに、近しい人たちに注ぐ心優しい目線に惹かれました。たとえば、「幾年月経し姿見に身を映す嫁ぎゆく娘に妻を重ねつ」と「母さんの歌が聞こえる台所里帰りした妹の声」では、家族の姿や声から別の喪われた家族を連想する瞬間が見事に捉えられています。いまは見えないその姿が、イメージ豊かに浮かび上がってくるようであり、作者にとってかけがえのない存在であったことがよくわかります。あるいは「遺句集を編まむと句帳繙けば幽かに妻の香の漂へる」にも小さなきっかけから故人の存在を感じる瞬間が捉えられ、その深い愛情が偲ばれました。また、「書くことに興味覚えた二歳児の床から壁まで個展が続く」と「湯上がりの肌光らせて家中を二歳は逃げる着衣拒みて」は、可愛い孫に注ぐ眼差しの温かさが印象的でした。

加えて、日々のスケッチというべき歌にも、目を惹く表現や対象を把握する力の強さに魅了されました。

「天近き峰より染まり谷に満つ雑木林の木曽は深秋」の、スケールの大きな秋の風景。「大正の節くれた指黙黙と米寿祝ひの藁草履編む」の、藁草履作りの眼前に迫ってくるような圧倒的なリアリティ。「無人駅の伝言板に書いてあり『探さないでね僕は消えます』」の、見知らぬ誰かの複雑な事情に触れた切なさ。「蛍烏賊生身を喉に投げ込めば腹の中まで光を放つ」の、シュールかつ楽しいイメージ。「自転車に双子を乗せて花野ゆく前が笑へば後ろも笑ふ」の、自転車の躍動感とともに子ども達の笑いを受けて弾む気持ち。「巡回の無人のバスのドア開き我と黄揚羽乗せて終点」の、静かな過疎の村を偲ばせる寸景。……作者の観察眼の鋭さと的確な言葉選びのセンスを感じました。

ぜひ一冊の歌集として完成させ、出版を実現していただければ幸いです。

文芸社　横山勇気

目次

天近き峰より染まり谷に満つ

＊新聞投稿歌の章＊

満面に笑みを含みて走り来る退院間近の嬰児我に

幾年月経し姿見に身を映す嫁ぎゆく娘に妻を重ねつ

苗買ひて植ゑたる胡瓜の実三本高き買ひ物なれど爽やか

天近き峰より染まり谷に満つ雑木林の木曽は深秋

看護婦の声柔らかに往き来する重患多き病棟の朝

真新しき網を持ちたる児等連れて山峡の駅帰省客来る

採り立ての白菜積みて今朝もまた僻村の道にトラック群れる

新しき妻には亡妻への祈りあり嫁ぎ来たる日曼珠沙華植う

シャッターの開かない街がまたひとつ西部劇でもやろうじゃないか

口中に削岩機が唸りだす筋肉硬直虫喰ひ一本

夜のない都心離れて二十号線信濃の国の歌詞口遊む

相撲聴く大音量のラジオ乗せ九十翁のトラクター来る

杜子春が二人も住んでゐるやうな甲斐の桃畑十キロ歩く

「御嶽は静かですね」と茶を啜るその日東北地震が襲ふ

雨ごとに三寸伸びるたかんなの頭撫でなで竹林回る

風邪をひき母と寝てゐた四畳半父の放した蛍が二つ

十八の骸に向きて言葉なし生きた証は補導歴四

抜きながら一本ごとに声掛ける妻初めての大根畑で

帰農して父祖の田畑継ぐと言ふ甥のねぐらの修理はじめる

物憂い日家中レール敷きつめて「のぞみ」「ひかり」と旅に出かける

病棟の朝顔合はす人びとの歯刷子持つ手に生気を貰ふ

重患の棟往き来する看護師の目と手の合図手話のごとくに

ガラス戸にきり絵の魚泳がせて痴れたる母と龍宮にゆく

お祭りの金魚一匹掬ひとり鯛になるのを待つ三歳児

入道雲うまれるたびに名をつけた学校帰りの友との遊び

幼去り書斎入れば辞書の上粘土のケーキ飾りてありぬ

選外の短歌達磨に転写してどんど焼きで昇天させる

真夜中に洗濯物が戸をたたく凍てつく外は寒い寒いと

入れ替への本を廊下に広げれば春風捲る「在りし日の歌」

風邪引きて終日臥せるわが床に子猫三匹添ひ寝してくる

自転車に初めて乗れた夏休み蜻蛉や蝶になりて終日

朴葉背負ひ山道下る兄妹「お餅」「お寿司」と連呼しながら

父親のムツキ並びし干竿に赤とんぼ止まる十三回忌

どんど焼きに片目の達磨一つあり右目を入れて成仏願ふ

千年を経ねば名乗れぬ屋久杉の箸置き二つ新春祝ふ

山峡を流るる川の両岸にこれ見よとばかり満作の咲く

大正の節くれた指黙黙と米寿祝ひの藁草履編む

今日もまた生きてることの幸せを祈る園児の讃美歌聞ゆ

希望とは叶へることと澤選手わが生き方にぐさりと刺さる

ペンギンと並びて歩む五歳児の夢は南極探検隊長

教室のダルマストーブ手にあてて余熱確かめ巡る宿直

原発は必要悪だと説く君の勤め先知り反対できず

銀閣寺の椿の実五個拾ひきて殿上人の似顔絵描く

果物の糖度調べるセンサー機孫への甘さ測定ならず

欠礼のハガキの束を前にしてこの一枚となる日を思ふ

馬鈴薯を十個盗られし媼来て猿の悪口半日話す

昨日雪今日も大雪日が暮れて妻のレシピが匂ひ充ちくる

命綱桜に結び二人して屋根の大雪すべて退治す

胴上げをしたる若き日偲びつつ監督の棺九人で担ぐ

丸刈りの女ダンプ運転手最徐行して通学路ゆく

管外し薔薇の匂ひを吸ひし義母棘なき顔を残して逝きぬ

待ちし雨やうやく降れば農道に軽トラ群れて田畑が動く

熊除けの鈴を鳴らして登校す一年生を真ん中にして

臨月の母の手を引く年長児兄の風格示すが如く

原発に追はれし友が訪ねきて信濃の国を歌ひて去りぬ

院内を酸素ボンベが移動して白衣が走る少女の部屋へ

腰痛の手術終へても完治せず農機具磨きて知人に譲る

肩書きをすべて外して名刺なし久方ぶりに春満喫す

一位でも二位でもどべでもみな同じ一年生に送る声援

美しき看護師の手に誘はれて採血を受くわれも老いたり

尺八を吹くのは友か親族か浅間山荘殉難の地に

薬袋を飛行機にして十階の窓から放つ信濃に向けて

病名がまたひとつ増え落ち込む日松茸五本玄関にあり

やあやあと声掛け合へば浮かびくる坊主頭に褌のころ

赤と黄のポインセチアを手土産に還暦の子ら年始に来る

お多福の顔して林を駆け回る団栗拾ふ栗鼠の一族

素手で割る林檎の香り飛び散りて県人会はさらに高ぶる

紅玉を丸かじりするその朝はポパイのやうな気分になれる

「ありがとう」素直に言へる年になり生きる世間が広がりを持つ

三本の松茸の行方決まりたり土瓶、蒸し焼き、あとは正月

朝食の玉子が円く焼けた日はやること為すことすべて順調

廃校の跡地に明治開校の記念の松が生きてをりたり

若き日に命託した登山靴きれいに仕上げ廃品に出す

軽鴨の親子八羽に出会ひしと子なき兄がぽつりつぶやく

母さんの歌が聞こえる台所里帰りした妹の声

無人駅の椅子の手縫ひの座布団が猫の住処になりてをりたり

朝七時かばんに鈴の子らが行く零下七度の息を吐きつつ

両親と夫の看護に明け暮れし白寿の叔母の口紅を買ふ

リハビリの昼の湯船に浸りつつ孫の残せしアヒルと遊ぶ

山裾の田畑を囲む電気柵案山子三体納屋に永眠

遊びつつ四キロの道通学す車通れぬ峡の奥の子

遅咲きの躑躅《つつじ》に群れる黒揚羽美輪明宏の舞台が浮かぶ

子ども会の名簿一覧貰ひしがルビをうたねば一人も読めぬ

カメムシと毒蛾八匹焼き殺すかわいそうとふ妻の居ぬ間に

三が日過ぎれば卓上静かなり一汁二菜の食事始まる

長休に一時預かる施設の子木曽節覚えまたねと帰る

生きてきたことさえ不思議と言ふ友がケロイド状の体を見せる

老いたれど薬使はず草を刈る地球は皆が守りゆくもの

御嶽海ついにやったぞ優勝を木曽の苗木も根付きはじめた

オペと言ふ知らせに体浮き上がりスピード違反真夏日の夜

登校時挨拶交はす中一のまばらの髭が眩しく光る

昭和初期産めよ増やせの政策が人を産まない国に変へたり

予兆なく場所を選ばぬ腰痛に妻が作りし椅子持ち歩く

放流の稚魚が一瞬怯む見て集団就職思ひ出したり

耐へに耐へ三つの御代を生く我ら戦争は否原発も否

米醤油貸し借り通る隣組貧しかったが人間がゐた

水害の林檎が浮かぶ湯の中へ傷ある我ら黙して入る

助かりし富士十二個を浴槽に浮かべて偲ぶ友一周忌

差別なき社会が成立するまでは増やせ笑顔の子ども食堂

翌日の献立選べる病院の患者の食事すべて完食

平飼ひの鶏の卵は満月だしばし見惚れる朝の食卓

新聞を一枚ごとに切り離し記事すべて読むベッド生活

浴槽に身投げしてくる紅葉を体に纏ふ山峡の宿

黄身二個の卵に出会ふその朝は神の存在信じて終ふ

準備した除雪機すべて小屋に入れ地球温暖喜ぶべきか

雑炊を三度もお替りする子らに戦争のこと話しておこう

長靴を洗ふ手元に真鯉たちお腹すいたと指に吸ひつく

熊たちが里に来ぬやう山々に櫟《くぬぎ》を植ゑてやらうじゃないか

白い靴買ひ与へれば水溜り青空飛ばして三歳笑ふ

茹で卵殻がきれいに剥けた日は風呂の掃除も進んでできる

秋刀魚《さんま》買ひ骨まで焼いて食べてみた遠い昭和に会ひたくなりて

本好きの父の書棚は文学書のらくろ漫画長持ちの中

無人駅の伝言板に書いてあり「探さないでね僕は消えます」

蕎麦送る学生時代の仲間には木曽アピールのすんきを添へて

逝けば皆良い人だよと口合はす閻魔大王さうはいかない

発汗が一日キロを越すと言ふボクサー並の試練が続く

子燕を狙ふ縞蛇素手で捕り友はすばやく酒の肴に

車椅子の卒寿の友が二年かけ四季咲く庭を家族に残す

提出のマイナンバーに二万円ルーツ辿れば吾の税金

マイナスが二十を超すと耳鼻痛くビール瓶らが泡を吹きだす

他の客と顔を合はせぬ宿に来て湖畔の霊気存分に吸ふ

解除の日米寿と喜寿が結ばれてコロナ吹き飛ぶ老人ホーム

蛍《ほたる》烏賊《いか》生身を喉に投げ込めば腹の中まで光を放つ

老夫婦値上げの店を二度回りわしらにゃ買へねと杖突き帰る

放流の虹鱒《にじます》子らに捕獲され生存時間一分五秒

去年から転院続く三か月名古屋東京我は旅人

小魚の群れの一匹跳ね上がり川の生物春を喜ぶ

足の爪妻に頼みてテレビ視る大谷五号すべて順調

天井の二百八名五クラスの

＊歌誌投稿歌の章＊

赤紙の叔父の子となる指切りを幻にした平和の礎

数十の蛙師範に平泳ぎ教育実習無事に終了

生でよし煮てよし揚げて喰ふもよし田舎豆腐は母の手づくり

夜回りを終へていただく豆腐汁公仕の小母の心温もる

農継ぐと休耕畑に鍬入れる父祖の拓きし土地にしあれば

凍てつきし里山もみな黄となりて風はゆるりと耳朶《じだ》を擽《くすぐ》る

束ねたる手紙を胸に抱かせて友は静かに棺に釘打つ

二人して蕪大根を漬け終はり水場の氷口に投げこむ

鼻水と一緒に啜るラーメンの音賑やかな五歳児の昼

五人目がお腹にゐます教え子に憶良の歌を添へて送りぬ

薪ストーブは焼きます煮ます温めます父祖の残した匂ひもします

書くことに興味覚えた二歳児の床から壁まで個展が続く

戦時中衣や住よりも食べること和服・宝石腹にをさまる

太巻きの干瓢食めば浮かびくる夕顔畑に藁敷く母が

肉咥へ飛びゆく蜂を追ひかける里山はなく今ニュータウン

糠味噌の匂ひの残る手差し出して客を迎へぬ妻亡き日より

噛み合はせ悪い農機をおだてつつ一町の稲今日刈り終へる

全校で雪かきをする始業前二百三人雪に溶け込む

荒縄で汽車ごっこした古里は無人駅なり燕が巣立つ

余白まで金釘流が埋め尽くす舐めなめ書いた祖母の農事記

園児らに絵本の悪はそれぞれに顔を削られ成仏できず

命継ぐ小屋の青虫みんな孵化不登校児が百羽を放つ

自転車に双子を乗せて花野ゆく前が笑へば後ろも笑ふ

手拭を帽子襟巻褌《ふんどし》と使ひこなした少年時代

母からの小包届く四年間便箋五枚常に在中

除草剤撒けば地球が死にますと草むしりする叔母九十九

お蚕の桑食む声が聞こえくる湖畔の宿に手枕すれば

石千個積みて作りし山畑に別れを告げて花桃植ゑる

新聞に包みしむすび手にとれば昨日の見出し印字されをり

人生のカーナビあれば迷はぬに自死せし友の遺書を手にする

五つある空教室の掛け時計おのおの勝手に正午知らせる

ママ来たと母の足音聞き分けるセンサー並の二歳児の耳

戦時中連行さるる先生の後ろ姿に恐怖が走る

エレベーター無料と知りし子ども等が独占したり修学旅行

「母さん」と喉まできたが声だせぬ二度目の母に驚くあまり

歳とれば指示代名詞で事足りる妻と言ふ名のをかしな仲間

新聞がきて真っ先開くのは妻は運勢われはお悔み

玉砕の叔父の空箱胸に抱き形見の歌集墓地に葬る

家出して五十年間沙汰のなき従兄施設の火事にて判る

悪さして廊下に立てる弟を横目で見つつ母には告げぬ

生受けし十七歳の少年が死の待つ国へ知覧から発つ

正月の親族会の百人首年に一度の絆求めて

家族みな帰国する児の置き土産十年生きる出目金二匹

常会は怒り上戸に泣き上戸一雨ありて〆は万歳

安易なる張手の目立つ大相撲手に汗握る勝負が見たい

選ばれぬ三年生が球拾ひ君は立派な大人になれる

処分する日記を読めど捗らぬあの日この日が甦りきて

戦中の早飯癖が作動してわんこ競争優勝したり

山菜を採るたび組で積み立てて家なき友の修学旅行

箪笥空きメンコや独楽《こま》が埋めてゆく母の着物が流れるたびに

冬だけは孫の所へ移住する作りし野菜どっさり積みて

下校時にいじめられる子いじめる子それを横目に塾へ急ぐ子

野良仕事やりかけのまま運動会借り物競争一位となりぬ

福は内「泣いた赤鬼」読みし子は次のフレーズ小声でそっと

山が来た又山が来た甲子園一球ごとに呼吸が止まる

数千回運びて築く堤防を瞬時に呑み込む水の胃袋

新しき教科書開く子ども等のよしと言ふ声聞こえくる朝

分解の時計と座る夜の吾に兄がむすびを置いていきたり

海のなき先祖の知恵が生みしもの蕎麦とよく合ふ木曽すんき漬け

夭折の母の乳房を知らぬわれゴヤの裸婦みて恋しくなりぬ

人道を踏み外したる親に乞ふ「かな」に五歳の命託して

天井の二百八名五クラスの座席覚えし初任地の夜

二グラムが五十二キロを釣り上げる抜歯の一瞬命を思ふ

消されたる「顔なき絵本」ぞろぞろと彼岸の姉妹顔復元す

和箪笥に義姉の遺せし熨斗袋《のしぶくろ》百余手つかず孫の学資に

富士よりも大きな望み法螺になり杜子春真似て桃の木植ゑる

亡き母のテレホンカード一枚が癌のページに眠りてをりぬ

奥木曽の本流模したる振り付けか踊り手の汗飛沫と化する

古里に「ちゃん」と呼び合ふ友五人囲炉裏の種火絶やさずに待つ

特注のワイン土産に故郷へ親猪ゲット友からメール

生き延びし引き揚げ船の貰ひ乳妻の優しさここに芽生える

古都の宿部活の生徒に呼び出されこの地生まれの万葉を詠む

河渡る百万頭のヌーの群れ三途の川が口あけて待つ

絶滅を救ひし神馬木曽馬の血筋の群れが高原駆ける

パンダ見て筍料理老酒一杯長城征服中国の旅

終末の駅に近づく高齢者途中下車して鈍行に乗る

戦争のなき平成が一番と百三歳がきっぱり答ふ

汗と汗西か東か同体か忖度無用のテレビ判定

水温む川に鍋釜浸しておけば小魚群れて食事楽しむ

早春に一歳児が立ち歩き日溜りの中福寿草咲く

小走りに生えた歯二本見せにくる君は二十歳に何見せるのか

電線を白百合咥え猿渡る初夏の空独り占めして

侵入を断固許さぬ遺伝子に友釣りさるる鮎の宿命

理科授業火薬の原理学びたる子らは還暦花火を揚げる

木曽谷の学校統合今年また出生ゼロの地区も現れ

再婚の妻の連れたる子と我の遺伝子同じホモサピエンス

口移し術後の我に妻の顔米寿が喜寿に命をもらふ

二千余の子らと学びし木曽谷に永住決めた亡妻の故郷

玄関に教へ子からの君子蘭旅行の援助今も忘れず

リハビリの時間守れぬ日々あれど三度の食事腹時計あり

飯台の下は毎日賑やかだ今朝もシラスが六匹泳ぐ

テレビにて顔馴染なる救急車まさか自分が乗る日来るとは

入浴の我に外から妻の声「生きてゐますか」「生きてるぞう」

転勤の父と一緒に転校す母の位牌とひよこを連れて

それぞれがスマホ片手の終電車無声映画の世界に入る

若き日の日記や写真燃やすたびに余生幾年指もて数ふ

線路なき道や野原の汽車ポッポ

＊雑誌その他投稿歌の章＊

指切りの温もり残る我後に癌摘出の手術に入る

寂しさを引きずる如く揺れ動く妻入院の最終電車

和箪笥の「お願ひします」の色紙見て妻の遺句集句友と編みぬ

遺句集を編まむと句帳繙けば幽かに妻の香の漂へる

亡き妻の活字となりし遺句集の一句一句に愛の言葉が

靖国の報道目にし耳にして名もなき墓標のロシア訪ねる

二十五にて玉砕されし叔父上の命日はいつ彼岸花咲く日

奥木曽の源流の滴り手に受けて五十二里余の旅をぞ想ふ

凹凸の路面に張りし初氷踏みゆく人と避けゆく人と

子と共に自転車乗せたる軽トラの台数多し雨降りの駅

風青き落葉松の下手をとりて知恵遅き児と朝のジョキング

開発のダムに沈みし林道は魚道となりてその名留めり

百歳の月日刻みし木曽の真木今梁となり年輪光る

見も知らぬ議員諸氏からの弔電を奉読される仏の悲しみ

板屋根のずれし箇所より射す月光日時計のごと時刻みゆく

わだかまり残ししままに二十年遺書に「ご免」の弟想ふ

鮪から山椒魚に変身し余生の道をゆるりと歩む

相撲とる保育園児の決まり手は土俵の下の父母の声援

植樹終へ味噌むすび食めば具に代わりがんばのメモが妻のいたずら

在院の子らと作りし雛壇に手作りひいなずらりと並ぶ

「命がけ」五文字記したるそれだけの絵はがき寄こす君今イラク

泣きじゃくる迷子背負ふ妻見つつイラクに暮らす娘案ずる

畦沿ひの道二歳児のガラパゴスまだ見ぬ生き物跳ぶ舞ふ泳ぐ

妻生れし軍国日本の京城の隊長宿舎あとかたもなし

義母痩せて連絡船の吾子の乳貰ひ乳して命を守る

VVとVサインする少年の淡き腋毛に汗光り見ゆ

勝ち負けにこだわるのみのゲートボール老い先短き身をも忘れて

季節ごと夫婦茶碗を取り換へて旬を味はひ情を深める

石臼の凹みに残る香煎の匂ひを嗅ぎて囲炉裏火思ふ

伐採の大木一本汗五合氷柱齧りて水を補ふ

洗濯の板に張りつく小さき粒この乳房から八人育つ

田の水面に逆さに映る常念の頂上に植う早苗一株

不思議です子らも教師も親までも四月になれば新しき声

産着から卒業までの十二年引き出しにあり母の和箪笥

輪の中に異国の人も加はりてキャンプファイヤー五色に変はる

機械よりうまく植ゑた子ども等の棚田三枚新しき風

喉越しに小さき光感じつつホタルイカ食ぶ北陸の宿

蛍追ふ兄を見つけて幼《おさな》追ふ帰農の家族の賑はしき日日

影踏みをしながら帰る風呂あがり豆腐のラッパ荷車の音

継ぎ手なく捨てし畑は外つ国のたんぽぽ軍に占拠されたり

喉仏最後に納め蓋をする八十二キロ五歳児持ちて

客待ちの空車に走る孫とどめ蛍住む道ゆるりと帰る

限りなく過疎と闘ふ木曽谷に帰農家族のトラック来たる

鍋囲み親族氏族で酒を酌む築百年の消ゆる炉見つつ

真っ青な空を映した水溜り幼の右足宙に留まる

老い妻と棚田三枚眺めつつ近く別れの時くるを知る

人気《ひとけ》なき校舎を回る宿直の一年二組の山百合の花

屋内で子育てをする燕に壁くりぬいて門限定めず

荷物持つ車椅子押す席譲る人間を見た今日の出来事

新入児の背中に躍るランドセル親族氏族の夢託されて

手から手に教科書渡され席に着く新しずくめのスタートライン

五歳児のビオロンの曲成りし日に木曽駒の峯初雪見ゆる

猫にまで湯たんぽ抱かせ温暖化防ぐ我が家の平成維新

異国から長き旅路の燕待つ台座補強し表札つける

曽祖父が古語を使ひて紙きれにメモりし農事今も役立つ

放棄田を借りて作りしリンク場下駄スケーターのエッジが光る

六畳間七人討死に夏期休暇子らの寝相にしばし見惚れる

明治から守り育てし茶畑の芽を摘む子らの手の生き生きと

知らぬ間に骸の祖母に寄り添ひて絵本片手に二歳児眠る

留紅草一日だけを謳歌して新たな命散蒔《ばらま》きてゆく

湯上りの肌光らせて家中を二歳は逃げる着衣拒みて

水清き木曽福島の子どもらは百年先の植樹に励む

登園の児らの四月は晴れか雨嬉々とする児に泣き叫ぶ児に

登校の女学生らが歩きつつ鏡に使ふショーウインドウ

今朝採りし朴葉百枚助手席に鮨つくり待つ百寿訪ねる

量り売り子供さんにと山盛りに祖母の遺伝子われが受け継ぐ

午前二時夢の中でも食べている虚ろな母のおむつを替へる

遺骨なき二十歳の叔父の墓詣り卒寿の母の逝きしを告げる

星は見たパジャマの母を連れ帰る裸足のままの喜寿の娘を

信濃から春の紀の国訪ねきて父母の旅をばなぞりて歩く

駅頭の万歳胸に征きし叔父終着駅は沖縄の海

荒海に日と月大きく描かれて出所した子の絵手紙届く

売れ残るひよこ貰ひて育てしが夜明け知らせる時報となりぬ

二十歳にて献眼したる甥の眼は金環食を見たのだろうか

下校して帰宅をすれば母がゐて小さな幸せ居場所があった

大空に雲の描きし音符見て妻のビオロン春を奏でる

我が家の伝統行事一つずつスリムとなりて引き継がれゆく

過疎の村ポツリポツリと灯りつき黄門終はると暗闇となる

勝つことは負けることよりいいことだ祖父との将棋負けるが勝ちだ

誤字脱字気にはならない祖母の文四季の落ち葉が古里運ぶ

母の手が指の先から枯れてゆくドライフラワー作りし指が

子ども等が魂入れて漉きし和紙卒業式の主役となりぬ

形見分けただ一点に絞り込む妻の慕ひし母の姿見

月光を借りて素早く処置をする修学旅行の生徒の夜尿

新聞の記事が載りたるおむすびを大見出しから食べた遠足

鎌倉は母の故郷青き海遺灰ひと匙船から流す

家事すべて片づけし後のヴァイオリンバッハと出会う妻のひととき

注射打つ白衣を前に粛然と一年坊主わが主治医なり

産直の秋刀魚《さんま》の目玉黒々とウインクされて二匹購ふ

父の日の派手目なるシャツ身につけて秋の彼岸会亡妻たづぬる

外面は満点なれど内面は猫まで逃げる今は亡き人

アイパッド使い始めた妻と子は初撮りモデルにわれの寝姿

音もなく降る大雪は木曽谷の凹凸埋め平野に変へる

二度死にて三度も生きた弟の最後の願ひ献体車来る

愛と言ふ字義を知らずに生きてきて愛しと読める歳になりたり

文部省欧州派遣に選ばれしスライドを見る米寿迎へて

英・仏・伊加へてチェコの四か国半月の旅使命を果たす

スライドを見ながら妻と語り合ふ命あるうち欧州旅行

祖父母来てまた父母も来た栞みて我らも来たり芽吹く松山

どん尻の幼の目頭膨らみて驟雨きそうな園のかけっこ

高原の風と光に溶け込みて木曽馬となる岩手の親子

線路なき道や野原の汽車ポッポ友みな逝きて銀河を走る

巡回の無人のバスのドア開き我と黄揚羽乗せて終点

我がカメラプレーする友声援の補欠の子らの心を映す

大関に勝った勝ったぞ御嶽海今日は吉日妻誕生日

年寄りの無人売り場の入り口に聖書一冊置かれてゐたり

まえがきに代えて

私のプロフィール

――「お早やう」の友の笑顔が融雪剤
登校しぶる子の解けてゆく――

と、その女の子は木にかけてある「名札」を指さして、「だって、書いてあるじゃない」と、不満そうに言いました。

指さす方をみると、「ひのき」とひらがなで名札がかけてありました。その女の子は少し字が読めたのでしょう。一年生になったうれしさで、庭にある木の名札を読んで歩いているうちに、この「ひのき」という字にあたって、この意味を「火の木」と読んでしまったのでしょう。だから、どうしても石油タンクを入れる場所がなければならなかったのです。

何か、私の話だけ聞くと、馬鹿げたことのように思うでしょうが、私はこのとき、「小学校へ来てほんとうによかった」と心から思いました。「なんだ、そんなことわかっているわ」とか、「こんなものわけないさ」などと、簡単に考えるのではなく、「どうしてなの？」「なぜなの？」と、いつも前向きで考えるこんなすばらしい子どものいる学校、それが小学校だ、とそのとき思ったからです。

荒木教頭先生からいただいた、この学校のことを書いてある本をみますと、野尻小学校の学校目標にも、「気づき、深く考え、ねばり強く実践できる子」とあります。私も皆さんと一諸にこの目標に向かって、あのときの一年生の女の子に負けないよう頑張りたいと思いますので、もし、こんな私でよかったらぜひ仲間にしてください。

4月6日（月）
朝、登校すると、グラウンドで遊んでいた子どもたちが、それぞれに元気よく「お早うございます」と挨拶をしてくれる。それもただ「お早うございます」だけでなく、「新村校長先生」という固有名詞をつけての挨拶。私も同じく大きな声で挨拶のお返しをしながら、心の中で「ありがとう」と頭を下げる。あたりまえのことと笑うかもしれないけれど、今、いちばん欠けている「人間らしく生きている」ことのすばらしさを、彼らが自然体で教えてくれているからだ。
夜、7時よりPTA総役員会が開かれる。40名近い人数が参加、先生方も全員出席される。役員の方々も先生方も、一日の仕事を終えた後の会なのでたいへんだと思う。特に、通勤されている先生は夕飯を簡単に店ですませて出席されたとのこと、心から感謝する。
10時30分帰宅、今日一日、無事過ぎたことのうれしさを妻に報告し、グラスを手にする。

平成4年4月10日

阿寺雑記 ——野尻の子らと共に——　No.2

学校長

☆私の日記帳から（抜粋）

4月5日（日）

全校のみなさんへ。

児童の皆さん、今日から皆さんと一緒にこの野尻小学校で勉強することになりました。皆さんの方がこの学校では私より先輩ですので、いろいろ教えてください。また、仲良くしてください。仲良くしてくださいとお願いしても、私がどういう人間なのかわからなければ仲良くできませんので、私の考えていることを一つだけお話しして、仲間に入れてもらいたいと思います。

私は若い頃、長い間、中学校の先生をしていました。そして、四回目の卒業生を送りだした年に、校長先生からそろそろ小学校の先生をしてみないか、と言われ小学校の先生になりました。

ところが、中学校三年生からいきなり小学校三年生の担任になったので、わからないことばかりで、とても困りました。その中で、いちばん困ったことは「言葉」でした。

最初の日にクラスへ行って、「諸君」と呼びかけたらみんなキョトンとして口をあけていました。そして、しばらくすると、前の席に座っていた男の子がそうっと手を挙げて、「先生、諸君ってなんだ？」と質問しました。

すべてがこんな調子でしたので、「やっぱり中学校の方がよかったな」と少しさみしくなりました。そんな気持ちでその日も終わり、学校の坂道をトボトボ歩いていくと、坂の途中にある大きな木の周りをグルグル回りながら、「おかしいな、どこにあるのかな」と、つぶやいている女の子に会いました。胸の名札を見ると、この間、入学したばかりの一年生でした。

「何がおかしいの？」と、聞いてみると、「だって、石油タンクを入れるところがないもん」と答えて、また、木の幹をたたきながらグルグル回り始めました。そこで、「そんなもん、あるわけないじゃない」と言う

今日のたん生日いわいには、私の好きな食べ物、手巻寿司とケーキでいわってくれました。たん生日ってほんとうにうれしいな。

——しあわせ　みどりの日がたん生日——5年

私のたん生日は4月29日でみどりの日です。いつもいつも、私のたん生日は休みなので、たん生日会もその日のうちにできます。

私は「たん生日会は毎年やりたい」と思います。その理由の一つ目はプレゼントがもらえるからです。私がよくばりなのか、プレゼントが目あてでたん生日会をやるのかな？　プレゼントのほとんどが文ぼう具なのでノートなどは長いあいだ使えます。

二つ目は、私がたん生日会に友だちを呼ぶと、呼んだ人のたん生日会にしょうたいされます。そのとき、私もプレゼントをあげます。だから、たん生日会はいいです。早く、たん生日の日にならないかな。

——忘れずに祝ってくれる友だちに感謝——先生

日差しも暖かく過ごしやすい春に誕生日があるとうれしくなります。でも、ちょっとくやしい思い出も……。小学校のときに誕生日会に呼ばれない友だちがいて問題になりました。そこで、いつからやめるかという話がでた時、「やはり学年の変わる4月から」と決まりました。大好きな担任の先生の言葉だから私は誕生会をやめましたが、数ケ月後、友だちから招待された私は複雑な思いがしました。しかし、1年後「Yちゃんのお蔭で……」の一言で複雑な思いも忘れてしまいました。

友だちも仕事をし、会う機会の少ない今は郵便や電話で祝ってもらうことが多くなり、忘れずにいる友だちに感謝をすると共に、誕生日会がなつかしく思われるこの頃です。

平成4年4月21日

阿寺雑記 ──野尻の子らと共に── No.5

学校長

☆四月生まれの皆さん──誕生月おめでとうございます──

1年　M・Hさん　24日
2年　Y・N君　9日／Y・K君　10日／Y・K君　22日
5年　M・Iさん　14日／M・Iさん　21日
　　　N・Hさん　22日／A・Uさん　29日
6年　A・K君　8日
職員　H・Yさん　21日／Y・K先生　26日

11名の皆さんが春爛漫の4月に生まれました。

──すなおな女の子になるようにと願って──5年

私は昭和56年に生まれました。

生まれたとき	体重	3・05kg	身長	50・0cm
今	体重	44・60kg	身長	149・6cm

私が生まれたときは桜が満開でとてもきれいだったそうです。大勢の人達からいろんなことを学んですなおな女の子になってほしいと、お父さんが考えて私の名前をつけてくれました。

私の家族はおばあちゃん、お父さん、お母さん、お兄さん、妹の6人家族です。3人兄弟の真ん中に育った私は何かあるごとに損だなぁと、思うときがありますが、私は長女なので服やくつはお下がりじゃなく、しんぴんだからこれはラッキー。兄弟げんかのできるお兄ちゃんや妹がいて私は幸せです。

11年間生きて、大切な友だちがたくさんふえてきたこともうれしいことです。友だちからたん生日プレゼントに花たばをもらいました。とってもうれしかったです。そして、前からほしかったジーパンをお母さんが、たん生日プレゼントで買ってくれました。私が大きいのでさがすのに苦労したそうです。さっそくはいてみました。

テーブルの上を拭いたり、履物をそろえたり、自分のカバンに給食のエプロン・ハンカチ・ティッシュなど入れ、明日の用意をしはじめました。そして、後で見たら、ヘルメットとカバンを玄関のところにきちんと置いてあるのです。感心するやら、自分の姿に反省するやら、いろいろと考えさせられてしまいました。

　今、書いているこの連らくノートもカバンに入れて、あった場所にきちんと置いておかないと、明日おこられてしまいます。」


「自分の名前を書いたり読めたりできればよい、ということで入学させましたが、――今の子どもさんは早く字が読める子が多く、わが子はちょっとおくれたかな、という気がしています。親としても『しまったかナ？』と不安になります。

　しかし、今のところ本人は遊びが大事で、勉強といっても気がありません。第一、一度にいくつもの字を覚えられません。あせってもしかたありません。田舎といっても、そうのんびりしていられないということでしょうか。

　同じ1年生でも、6才になったばかりの子と7才になった子といるわけですネ。いろいろ違いもあるかもしれませんネ。」

「今、私は暇をみつけては一冊の本を読んでいます。それは阿部進先生（通称カバゴン）の書いたものです。『血液型気質別教育法』という本です。その中に『気質別　わが子発見法』というところがあります。血液型別にみていくと、わが子の場合、AB型ですので憂うつ質、何ごともマイペース。なかみを書くと長くなりますが、いうなれば私は私の道をゆく、自分が気にいれば人がどう言おうと関係ない、といったタイプだそうです。
　全部が全部そうだとは言いませんが、わが子の場合、あてはまる部分もあります。読んでみてこの本はなかなか面白い本だと思います。
　大桑へ阿部先生が来られて講演していただきました。その時、注文した人がかなりいると思いますが、この本、少しずつ皆さん方にも読んでもらえるといいなア～と思います。」

平成4年5月9日

阿寺雑記 ——野尻の子らと共に—— No.9

学校長

☆今　一ねんせいは

入学してから、約1ケ月たちました。保護者の皆さんにとっては、何よりも子どものことが心配でありましょう。が、私たち教職員も同様、「今年の1年生は、……授業中どうかな。友だちと仲良くやっているかな。給食はしっかり食べられるかな。」などと、子どもたちの1日の生活すべてが気にかかります。そこで、暇をみつけては1年生の教室を訪問しています。

「立ってください。」「用意はいいですか。」という当番の指示にしたがって、元気よく挨拶がかわされ一日の活動が始まります。授業はまだまだ、おもちゃ箱をひっくりかえしたような騒ぎですが、22名全員が一つのことに向かうという姿勢が見られるようになりました。

先日は給食の時間にお邪魔して、ご飯やおかずの盛りつけを見ていました。「少しにして」という子もいれば、「もっともっとたくさん」と、せがむ子もいて、食べること一つとっても十人十色でした。それだけに担任のK先生は大変だと思いました。でも、学校給食は大事な学習の場です。健康な身体づくりをする場です。そしてまた、好き嫌いをなくし、友だちと楽しく過ごす時間でもあります。テレビ抜きの食事はいいものです。

清掃時間もたいへんです。もみじのような可愛い手でしっかり雑巾がけをしている子もいれば、バケツの水を引っ繰り返す子もいて、さながら戦場です。

授業が終わると下校。4月当初はさすがの強者どももぐったりしていましたが、今は元気溌溂、友だちと遊具で遊んだり校庭を走りまわっています。

☆1年生の連らくノートから借用して

「夕食後、少し時間があったので、ガスレンジの焦げつきをきれいにしていたら、1年の娘がそれを見て

は引用あり、コメントありで、まさに雑文でしたが、子どもの文はその子なりの思いが素直に表れているものを載せました。以下、今までに紹介したものをいくつか拾ってみました。

☆生まれた子どもが男の子だったので、お父さんはとてもうれしかったそうです。そのわけは、お父さんは若いころにプロ野球の選手になる夢をもっていたが、それができなかったので、男の子が生まれたらその子に、その夢をたくしたいと思ったからだそうです。

☆ぼくは水泳が苦手なので、うんと練習してとくいにしたいです。今までは10メートルぐらいだったが、夏休みに毎日練習にきて25メートル泳げるようになりました。この距離をもっともっとのばしたいです。

☆「まいにち、やすみじかんになると、きゅうしょくしつのまえのメニューをみにいきます。そして、ぼくのすきなものがあるときは、とってもうれしくなります。」
「4時間目がおわりになると、急におなかがすいてきます。そして今日もおいしい給食があると思うとワクワクします。給食大～すき」

☆私が仕事をしているかたわらで、絵を描きながら女の子がこんなやりとりをしていました。「校長センセ、うちの猫、朝メシクウトキ、ウーウーってすごい騒ぎだよ。」「○○さん、メシクウって女言葉じゃないでしょ。ごはん食べるって言うんでしょ。」「？」また、無言でしばらく絵を描き続けているうちに、「校長センセ、あひるのガースケ、追いかけるとケツふって逃げてくよ。」「○○さん、ケツじゃないでしょ。おしりでしょ。」「？」

☆しかし、考えてみると、忙しいのに私たちのためにわざわざバスを運転してくれた人たちや、親切にのぞきどを貸してくれた係の人たちがいなければこんなに楽しい郊外学習にはならなかったと思いました。

☆いつも職員室の朝そうじは終わるのがおそくなる。すると、廊下そうじの人たちと、校長室の人たちが「失礼します。手伝いにきました」と言って、職員室のそうじの手伝いにきてくれる。だからとても助かる。私も場所がかわったら、おそい場所を手伝って協力してやっていきたい。

＊幸せな日々でした。お蔭さまの日々でした。心より御礼申し上げます。

平成7年3月17日

阿寺雑記 ――野尻の子らと共に――　最終号

学校長

☆PTAの皆様へ　――三年間のご協力　ほんとうにありがとうございました――

この「阿寺雑記」も三年間分を通算しますと、今日の最終号で188号になりました。初めは「校長室だより」というネーミングを考えましたが、それではどうも堅苦しくなりそうな気がしましたので、野尻地区を代表する景観の地名を借用することにしました。

私たちの子どもの時代は、「雪とけて　村いっぱいの　子どもかな」が当たり前の社会でしたので、年令を超えた縦の関係も横の関係もしっかりと組み合わされていました。そのためにルールも決められていて、例えば喧嘩しても相手が泣いたり、抵抗しなくなればその時点で終了というのが掟となっていました。集団で行動するというパターンも確立していました。

そのおかげで、○○くんはいつも仲間をかばってくれるとか、○○さんはお姉さんのように優しいとか、遊びを通して相手のよさを知ることができました。また、体験から得た感激や驚き、とまどいも机上の学習に劣らぬ大人になるための勉強になりました。かように学校生活同様、いやそれ以上に地域の生活から仲間を理解し、共に生きる知恵を学ぶことができました。

その点、少子時代の今の子どもは恵まれておりません。外での遊びもマンネリ化し、縦社会のつながりも地域に帰れば、皆無に等しいというのが実情です。ですから、私たち大人がその分、仲間を理解し、共に支え合い、助け合い、励まし合うことができるように、何らかの形で補ってやらなければと思っておりました。

「阿寺雑記」をそんな願いをこめて発行してまいりました。人は「ぼくもきみも、わたしもあなたも、みんな同じ仲間なんだ」という原点に立ったとき、初めて胸襟を開くのです。そのためには相手を理解しなければなりません。自分を知ってもらわなくてはなりません。この雑記が少しでもそのきっかけになったらなと言うのが本音でした。そのため、文章なりカットなりで、全校の子どもたちに登場してもらいました。

名の示す通り「雑記」ですので、私自身書いたもの

※「阿寺雑記」は教頭の金田要司先生が製本して、私の退職祝いに手渡してくださったものです。先生のお力添えがあったからこそ生まれた記録です。心から感謝申し上げます。

また、児童・先生方・保護者の皆様方の協力の賜物でもあります。ありがとうございました。

あとがき

☆出版に際し多大なご配意をいただきました文芸社の皆さま、特に講評を書いていただきました横山勇気様、無理な注文を心よく引き受けてくださいました編集の前田洋秋様、本当にありがとうございました。深く感謝申し上げあとがきと致します。

新村亮三

人気《ひとけ》なき校舎

2025年 2 月15日　初版第 1 刷発行

著　者　新村 亮三
発行者　瓜谷 綱延
発行所　株式会社文芸社
〒160-0022 東京都新宿区新宿1－10－1
電話 03-5369-3060（代表）
03-5369-2299（販売）

印刷所　TOPPANクロレ株式会社

ISBN978-4-286-26160-7